EL PAIS
MAS HERMOSO
DEL MUNDO

EL PAIS
MAS HERMOSO
DEL MUNDO

DAVID SANCHEZ JULIAO

Ilustraciones de Juan Carlos Nicholls

GRUPO
EDITORIAL
norma

Barcelona, Bogotá, Buenos Aires, Caracas,
Guatemala, México, Miami, Panamá, Quito, San José,
San Juan, San Salvador, Santiago de Chile.

Copyright © David Sánchez Juliao.

Edición para Hispanoamérica y los Estados Unidos
por Editorial Norma S. A., 1989
A. A. 53550, Bogotá, Colombia.

Primera reimpresión, 1990
Segunda reimpresión, 1990
Tercera reimpresión, 1991
Cuarta reimpresión, 1992
Quinta reimpresión, 1992
Sexta reimpresión, 1993
Séptima reimpresión, 1993
Octava reimpresión, 1993
Novena reimpresión, 1993
Décima reimpresión, 1994
Undécima reimpresión, 1995
Impreso por Cargraphics S. A. — Imprelibros
Impreso en Colombia — Printed in Colombia.
Julio, 1995

Dirección editorial, María del Mar Ravassa
Edición, Lucía Borrero
Dirección de arte, Mónica Bothe
Diseño de la colección, María Fernanda Osorio

Editorial Norma S. A. agradece a Producciones
Punch su autorización y colaboración
para la publicación de este libro.

ISBN: 958-04-0747-9

CONTENIDO

EL ENCUENTRO CON EL SOL

Había una vez una familia: el papá, la mamá, una niña y un niño.

La familia vivía en una casa a orillas de un arroyo. Y el arroyo nacía en una montaña que se alzaba detrás de la casa.

El nombre de la niña era Tala, y el del niño, Lalo. Sus compañeros de escuela decían que los nombres eran muy parecidos, pero Lalo y Tala sentían que eran nombres diferentes porque estaban acostumbrados a ellos.

La mamá de los niños era doctora,

y todas las mañanas salía a trabajar en un hospital. En el hospital ella curaba a niños, a hombres y a mujeres. El papá era escritor, y no salía a trabajar, pues los escritores no tienen oficina, sino que trabajan en la casa.

Los padres de Tala y Lalo eran amigos del Sol, pues todas las mañanas disfrutaban su calor mientras caminaban por el campo haciendo ejercicio. También eran amigos de la Luna, porque todas las noches tomaban el café en la terraza. Y cuando se toma el café en la terraza, se puede conversar con la Luna.

Así pues, Lalo y Tala eran amigos del Sol y de la Luna, porque uno es amigo de los amigos de sus amigos; y Lalo y Tala eran amigos de sus papás.

Un día, Tala y Lalo les dijeron a sus padres que querían pasar vacaciones a bordo del Sol. Los padres dijeron que sí, pues consideraban que el Sol era el lugar ideal para pasar vacaciones: era grande y hermoso, siempre tenía luz y volaba muy alto. Pero les advirtieron que, ante todo, tenían que hablar con el Sol.

Subieron, pues, los padres a la montaña a hablar con el Sol. Regresaron contentos. Traían la noticia de que el Sol había dicho que sí, pues amaba a los niños.

Era la mitad de diciembre y faltaban once días para la Navidad.

Al día siguiente, Lalo y Tala se despidieron de sus padres al pie del arroyo. Atravesaron los campos, pasaron junto a la iglesia de piedra y empezaron a subir la montaña. Arriba los estaba esperando el Sol.

Cuando alcanzaron la cima, el Sol llamó entonces a una nube amiga para que lo cubriera, pues no quería que su calor fuera a quemar a los niños.

El Sol se encendió y así nació un nuevo día.

—¿Cuántos días de vacaciones les quedan? —preguntó.

Tala y Lalo respondieron:

—Once, amigo Sol. Queremos estar de vuelta para la fiesta de Navidad.

—Perfecto —dijo el Sol—. Recorreremos el año, país por país.

Los niños saltaron de la montaña y cayeron sobre un colchón, pues la nube amiga se había extendido sobre la barriga ardiente del Sol.

El Sol abandonó la montaña, empezó a elevarse, y entonces todo brilló con más claridad.

Lalo y Tala vieron por primera vez el mundo desde las alturas, muy pequeño. Los arroyos y los ríos eran hilos de agua que corrían por los valles en busca del mar. Los campos de siembra parecían un remedo de la colcha de retazos que sobre la cama ponían sus papás. Y las casas eran como casitas de hormigas.

—Ahora los dejaré en el corazón del país de Enero —dijo el Sol. Detuvo su marcha sobre una montaña, y empezó a descender. Al tocar la montaña, habló de nuevo—: La gente de

Enero los espera. Mañana, antes del amanecer, los veré en este mismo lugar.

—¿A qué horas, Sol? —preguntaron Lalo y Tala.

—La gente de Enero sabrá —respondió el Sol. Y con estas palabras, se elevó de nuevo hasta confundirse con el brillo de su propia claridad.

CAPITULO I

ENERO: UN PAIS HECHO DE ALMIBARES Y NIEVES

Tala y Lalo sintieron frío, pues el país de Enero era un país de montañas. Y en las montañas casi siempre hace frío, porque las montañas están cerca de las nubes y, muchas veces, lejos del mar.

El lomo de las montañas estaba cubierto de nieve. La nieve brillaba tanto con los rayos del Sol, que Lalo y Tala tuvieron que cerrar los ojos para huir del resplandor.

Al abrirlos de nuevo, algo más llamó su atención: las montañas subían de pronto hacia el cielo y formaban picos de hielo que se perdían en las nubes.

—Parece como si alguien hubiera pintado todo de blanco —comentó Lalo.

Una voz se oyó junto a los niños:

—Nadie ha pintado nada. Aquí el mundo es así.

Era el cóndor de los Andes, que vivía en el país de Enero y había llegado a darles la bienvenida.

El cóndor de los Andes era un pájaro del tamaño de los cóndores, pero tenía una golilla alrededor del cuello y una corona de plumas en la cabeza.

El cóndor de los Andes sacó el par de suéteres de lana que había traído bajo las alas. Lalo y Tala se apresuraron a ponérselos, pues el frío de Enero aumentaba.

—Ahora, súbanse a mi espalda— dijo el cóndor de los Andes—. Nuestra gente los espera.

Tala y Lalo subieron al cóndor de

los Andes, quien alzó el vuelo sin torpezas, porque llevaba a los niños encima.

Voló casi rozando las nubes. Desde arriba, Lalo y Tala contemplaron el valle con más atención: era tan verde que parecía una mesa de billar. En el centro de lo verde, había un caserío.

Antes de que los niños preguntaran, el cóndor de los Andes explicó:

—Ese caserío es la capital del país de Enero —y empezó a descender

Las casas se volvieron grandes. El valle se hizo más verde. Los árboles se hicieron cercanos, porque el cóndor de los Andes bajaba planeando en espiral. Y como sucede siempre que bajamos con rapidez (en el avión, en el ascensor o en los patines), Lalo y Tala sintieron un vacío en la barriga.

El pueblo tenía sesenta casas, un mercado y una plaza. La plaza estaba llena de gente que vestía suéteres de lana similares a los de Lalo y Tala, pero con pajaritos tejidos y animales pintados. Todos usaban gorros de lana con muchísimos colores.

El cóndor de los Andes descendió en el centro de la plaza. Entonces, cada uno de los habitantes de Enero sacó una flauta y empezó a tocar.

Era la forma como la gente de Enero acostumbraba dar la bienvenida a los extraños: tocando en su honor una flauta, que ellos llamaban quena.

El país de Enero era un país de música y corazón, y nadie en él podía dormir sin escuchar toda la noche la melodía de la quena. Fue lo primero que Lalo y Tala aprendieron. Después aprendieron que los habitantes de Enero eran inteligentes, y muy hábiles en el manejo de los números. Por ejemplo, la familia que los invitó a almorzar, les contó:

—Enero tiene 365 habitantes. Es decir, un habitante por cada día que tiene el año. Y en cada noche del año, un habitante toca la quena para que los demás puedan dormir.

Era verdad. Más aún, para tocar bien la noche que le correspondía, cada habitante ensayaba una hora todos los días. Por eso, los habitantes de Enero eran músicos de fama.

Terminado el almuerzo, Lalo y Tala dijeron que querían aprender a tocar la quena.

Gastaron una hora ensayando, conociendo los orificios de la flauta, aprendiendo a soplar, pero no pudieron tocar, porque para tocar un instrumento son necesarios muchos años de práctica.

Cuando llegó la tarde, un grupo de parejas vino en busca de los niños para llevarlos de nuevo a la plaza.

En la plaza, hombres y niñas, mujeres y niños, ancianos y ancianas les tenían reservada una sorpresa. Era un vaso de nieve preparada con jarabes tan espesos como la miel y tan dulces como el azúcar.

—Es el orgullo del país de Enero —exclamaron todos en la plaza.

Tala y Lalo confesaron que nunca habían saboreado aquel tipo de helados.

—Es la mejor golosina que hemos probado —dijeron.

—¿Y cómo los hacen? —preguntó entonces Tala.

Los habitantes de Enero explicaron:

—Vivimos de fabricar estos helados, a los que llamamos raspados. Para prepararlos, hombres y mujeres nos distribuimos las tareas, pues a todos nos gusta trabajar. Durante el día, unos recolectan buganvillas, unas flores que se dan sólo en este país. Otros hierven las flores hasta convertirlas en jarabe. Y otros suben a los picos de las montañas y arrancan terrones de una nieve que no se derrite, ni siquiera con el calor. Al atardecer, aquí en la plaza, entre todos preparamos los raspados.

Lalo sintió que tenía que preguntar:

—¿Y a quién se los venden?

Los habitantes de Enero respondieron:

—A la gente de otros países, especialmente a los habitantes de Febrero, Marzo, Junio, Julio y Agosto, que son países de mucho calor.

—¿Y cómo los envían hasta allá?— preguntó Tala.

El cóndor de los Andes dio un paso adelante y respondió:

—En un escuadrón de cóndores comandados por mí. Ya verán.

El cóndor de los Andes batió las alas hasta levantar polvo de la tierra. Veinte cóndores más emergieron de los patios y descendieron en la plaza. Después, los habitantes de Enero trajeron cuarenta y dos cestos de esparto, y los llenaron de raspados. Finalmente, colgaron los cestos al cuello de los cóndores.

El cóndor de los Andes les preguntó a sus amigos:

—¿Listos?

—Listos —respondieron en coro los veinte cóndores, y se agazaparon para tomar impulso y poder volar.

—Nosotros queremos ir —exclamaron Lalo y Tala.

Los habitantes de Enero no aceptaron, pues había sido otro el trato con el Sol. Sería el mismo Sol quien llevaría a Lalo y a Tala al siguiente país: el país de Febrero.

Los cóndores se despidieron y alzaron el vuelo. El Sol había empezado a descender sobre las montañas, y ya iba a oscurecer.

Lalo y Tala se sintieron cansados. Así pues, se fueron a dormir. En el sueño escucharon la melodía de la quena tocada desde un pico de las montañas por un hombre solitario. El silencio sería la señal para levantarse y subir a la montaña a encontrarse con el Sol.

FEBRERO: UN PAIS CASI TODO HECHO DE MAR

Los habitantes de Enero le pidieron al cóndor de los Andes que llevara a los niños viajeros a encontrarse con el Sol. Batiendo sus alas enormes, el cóndor se elevó en la oscuridad y llevó a Lalo y a Tala al pico de la montaña en donde los había recogido la mañana anterior.

De pronto se vio una claridad brillante detrás de la montaña. Era el Sol que nacía, y con él, el nuevo día.

—¿Listos, niños? —gritó el Sol.

Lalo y Tala saltaron de la montaña

a la nube amiga, y el Sol empezó a elevarse.

—Adiós, cóndor de los Andes —gritaron los niños—, y gracias por todo.

Enero se hizo pequeño, tan pequeño como la más pequeña mesa de billar.

—Mira, Lalo —gritó Tala de pronto—: allá se acaba lo verde y empieza una tierra azul.

—No es una tierra azul. Estamos llegando al mar —corrigió el Sol.

Cerca del mar las cosas se veían más pequeñas aún, pues el mar está lejos de las montañas... hacia abajo. Y mientras más lejos están las cosas hacia abajo, más pequeñas se ven.

Al acabarse lo verde y tornarse todo azul, el Sol dijo:

—Estamos volando sobre Febrero, tierra de calor.

Arriba, en las nubes, Febrero no era tan caliente. El país de Febrero era ardiente a la orilla del mar. Sin embargo, todo era claro y brillante en aquel país. El aire tenía sabores de sal y los colores parecían tener más color.

—Abajo los espera mi amiga, la ballena tropical —dijo el Sol—. Los dejaré con ella y regresaré a trabajar.

El agua estaba cerca cuando acabó de decirlo. Había empezado el calor. Lalo y Tala comenzaron a sudar, pues en el país de Febrero siempre se suda a la orilla del mar.

El Sol hundió su cuerpo en el agua dejando afuera la cabeza para que Lalo y Tala no se fueran a mojar. De pronto, una ballena de colores emergió del mar y saludó a los niños como saludan las ballenas: con un arco iris de agua que salía por el surtidor de su cogote.

—Bienvenidos Lalo y Tala —saludó la ballena tropical—. Súbanse a mi espalda, pues la gente de Febrero los espera.

Lalo y Tala subieron al lomo de la ballena tropical. Miraron hacia arriba y vieron el Sol muy pequeño, pues ya se había empezado a elevar. Cuando se miran las cosas de abajo hacia arriba, mientras más altas están, más pequeñas se ven.

Así, sentados en el lomo de la ballena tropical, Lalo y Tala empezaron a navegar.

La capital del país de Febrero era una isla en la cual vivía muy poca gente, pues el país de Febrero estaba casi todo hecho de mar.

—¿Y qué nombre tiene la isla?— preguntó Lalo.

—Villa Coquitos —respondió la ballena tropical.

Una multitud en el muelle agitaba pañuelos, pues en muchos lugares del mundo la gente agita los pañuelos para dar la bienvenida. Villa Coquitos era uno de esos lugares.

Villa Coquitos tenía muchas casas, una plaza y un mercado. Y como habíamos dicho que allí hacía mucho calor, las casas tenían paredes de caña y techos de palma.

—¿Y las paredes están hechas con caña de qué? —preguntó Lalo.

—Con caña de coco —respondió la gente.

—¿Y los techos están armados con palmas de qué?

—Con palmas de coco —respondió la gente otra vez.

Una familia invitó a Lalo y a Tala a almorzar, y ellos exclamaron:

—¡Qué rico está este arroz! ¿Cómo hacen para que sea tan dulce?

—Es que lo hacemos con leche de coco —respondió la familia.

Lalo y Tala comprendieron por qué Villa Coquitos se llamaba así.

Por la tarde, los dos niños recorrieron la ciudad y aprendieron muchas cosas. Aprendieron que las playas de Villa Coquitos no eran de arena sino de azúcar y sal. Que en Villa Coquitos empedraban las calles con caracoles lisos sacados del mar. Que los pisos de las casas estaban hechos con baldosas de coral. Que la gente de la isla no dormía en camas sino en hamacas hechas con fibra de coco. Y que los habitantes de Febrero le cantaban a la Luna más que al Sol, pues el Sol aumentaba el calor y la Luna refrescaba las noches. También aprendieron que, al igual que la tierra de Enero, el país de Febrero era un territorio de mucha música y gran corazón.

Esa noche, la gente de la isla celebraba la Fiesta del Coco.

Al oír aquel nombre, Lalo y Tala preguntaron:

—¿Por qué en este país todo tiene que ver con el coco?

—El coco nos alimenta, nos da el abrigo para las casas y nos protege del vendaval —les explicaron.

Era verdad. Lalo y Tala habían visto que la isla de Febrero se protegía de los vientos del mar con una muralla de cocoteros.

La tarde se acabó cuando el Sol se puso. Y con la noche, llegó la danza. La gente de Febrero se reunió en la

plaza del pueblo. Los niños trajeron asientos, las mujeres, bebidas calientes de coco; y los hombres, tambores y flautas. Y así, a la vista de los niños, el país de Febrero empezó a danzar.

Lalo y Tala danzaron también. Aprendieron a mover las caderas, a temblar los hombros y a gritar en medio de la danza como gritaban las mujeres, los hombres, las niñas y los niños de Febrero: «¡Juepa je!»

Los niños no durmieron, pues la madrugada los sorprendió en la danza.

Se llegó de pronto la hora de partir. La gente de Febrero quiso acompañarlos hasta el muelle y despedirlos nuevamente con pañuelos. Frente al muelle esperaba la ballena tropical. Lalo y Tala saltaron sobre ella, emprendieron la marcha, batieron las manos en señal de despedida, y cuando la ballena tropical empezó a internarse en el mar, las gentes de Febrero limpiaron sus lágrimas con los mismos pañuelos del adiós.

CAPITULO III

MARZO: UN PAIS DONDE LA GENTE ERA SUPERIOR AL PAISAJE

Acostado sobre las olas del mar, el Sol esperó a sus amigos. Cuando divisó a lo lejos a la ballena tropical, estiró el cuerpo para matar la pereza, y todo se iluminó.

—¡Bravo, niños! —gritó la ballena—. Ha nacido un nuevo día, y está claro y despejado, propicio para viajar.

Los niños se acercaron sobre la ballena tropical a la intensa claridad. La ballena resopló por el hueco del cogote y dejó caer un chorro de agua sobre la cara del Sol. Con esto, el Sol se sintió más despierto aún.

Lalo y Tala subieron al Sol. La ballena tropical se alejó diciendo adiós con los chorros del surtidor y el movimiento de la cola. Febrero volvió a verse azul desde arriba, pues el Sol se elevó con rapidez. Esta vez, Lalo y Tala jugaron a encontrar la isla entre los huecos de las nubes.

—Bien: vamos rumbo al país de Marzo —dijo el Sol.

Lalo y Tala sintieron sueño de repente, pues no habían dormido en toda la noche.

Estaba el Sol alumbrando sobre el centro de Marzo, cuando gritó:

—¡Sorpresa, niños!

Nadie respondió. Lalo y Tala dormían plácidamente sobre la blandura de la nube amiga.

Los niños despertaron con otro grito del Sol y vieron desde arriba el nuevo país. Marzo estaba hecho de una tierra marrón, casi tan oscura como el café, y tenía un lago en el centro. A orillas del lago había una ciudad.

—Listos, vamos a bajar —anunció el Sol.

Sintieron el vacío en la barriga, y el Sol hundió medio cuerpo en el agua del lago. Entonces, dijo:

—Niños, salten a esa roca.

Lalo y Tala saltaron a una roca que salía del agua junto a ellos.

—Regreso a trabajar —dijo el Sol—. Nos veremos mañana en este lugar.

Lalo y Tala se miraron:

—¿Qué hacemos ahora sobre esta roca?

La roca sacó del agua una trompa y habló:

—No soy ninguna roca. Es mi lomo que toma el Sol. Y ahora, vamos, pues Marzo entero los espera.

Era el Tío Caimán.

El Tío Caimán empezó a nadar rompiendo el agua con el filo de la trompa. Lalo y Tala sintieron calor y empezaron a sudar.

—Antes de ir a la ciudad, visitaremos a un amigo —dijo el Tío Caimán.

En el centro del lago había una isla. Y en la isla se alzaba un faro. Y en el faro vivía el viejo marinero de Marzo, un anciano de cabellos nevados que fumaba pipa y usaba cachucha.

El viejo marinero de Marzo dio la bienvenida a los niños. Después, los invitó a beber un té hecho con hierbas del fondo del lago.

Tala y Lalo subieron a lo más alto del faro. Desde allí vieron barcos de nube que navegaban hacia el horizonte.

—¿Barcos de nube? —preguntaron.

—Sí, eso producimos en este país: vidrio.

—¿Vidrio? ¡Pero si son nubes!

—Bueno —explicó el viejo marinero de Marzo—, es que... primero cosechamos las nubes sobre el lago, pues somos una tierra de calor. El calor evapora el agua, convirtiéndola en nubes. De esas nubes hacemos los barcos, y después los echamos a viajar al norte,

que es una tierra de frío; y así, las nubes se convierten en hielo. Es tanto el frío del norte en el mes de marzo, que el hielo se convierte en vidrio —el viejo marinero de Marzo soltó una carcajada, y añadió—: ¿No les parece que es una buena manera de ahorrarnos el transporte?

—¿Y qué marineros conducen los barcos de nube? —preguntó Tala.

El viejo marinero respondió:

—Bueno, de eso se encargan una paloma y las estrellas. Las estrellas son buenas guías, y las palomas tienen bastante experiencia.

Lalo y Tala se despidieron del viejo marinero de Marzo y subieron de nuevo al lomo del Tío Caimán.

El país de Marzo amaba el agua, pues el agua le ayudaba a vivir; y uno siempre ama las cosas que le ayudan a vivir. Por eso, la capital del país de Marzo había sido construida a orillas del lago. De pronto, gritó el Tío Caimán:

—Estamos llegando a la capital del país más hermoso del mundo.

Para Tala y Lalo no lo era, pues la brisa había dejado de soplar. Y hacía calor. Y la tierra era seca. Y los árboles grises. Y el cielo oscuro como un paraguas. Además, la ciudad estaba sola.

Antes de abandonar el puerto y despedirse batiendo la cola, el Tío Caimán les dijo:

—Esperen aquí a los habitantes de Marzo. No tardarán.

Sobre la muralla del puerto, Lalo y Tala se sentaron a esperar. Los habitantes de Marzo trabajaban en el lago a las horas de más calor. A esas horas más agua se evaporaba y había más nubes para hacer barcos.

Al caer la tarde, Lalo y Tala divisaron varios puntitos blancos sobre el lago. Los puntitos se hicieron grandes; y después de grandes, se hicieron canoas. Era la gente de Marzo que volvía de trabajar.

—Mira, Lalo: la gente viene en canoas que no son de madera sino de nube.

Era cierto. Además, saludaban a los niños con pañuelos que no eran de tela sino de nube. Había tanta nube en aquel país que, después de hacer barcos y canoas, sobraba nube.

Al llegar al puerto y saludar, la gente del país de Marzo invitó a los niños viajeros a conocer la capital. Las casas de la ciudad tenían paredes de tierra y techos de nubes trenzadas, y los postes de las calles, en vez de faroles, tenían pedacitos de sol envueltos en bombas de nube.

—En Marzo amamos al Sol y le cantamos, pues sin él no podríamos vivir —dijeron los habitantes de Marzo.

Lalo y Tala dijeron que ellos también eran amigos del Sol. Después, los habitantes de Marzo los invitaron a comer. Comieron en la plaza, sobre mesas de madera con manteles de nube. Cada familia preparó un plato especial para los niños viajeros, y los hombres y las mujeres, las niñas y los niños les explicaron la historia de cada comida.

Al ocultarse el Sol en la tarde, los habitantes de Marzo se sentaron en el suelo de la plaza y les contaron cuentos a los niños.

Lalo y Tala conocieron la historia de cuando el Tío Caimán asistió a una fiesta en el cielo, la cual duró una semana. Comprendieron por qué el viejo marinero vivía solo en la isla del faro dibujando mapas que las estrellas leían. Escucharon el cuento de cuando la gente de Marzo habló con el Sol y le pidió que alumbrara más fuerte para que más agua se convirtiera en vapor, más vapor se hiciera nube, más nube se hiciera hielo, más hielo se hiciera vidrio, y así poder trabajar.

Por sorpresa, cayó la noche. Mientras dormían, Lalo y Tala soñaron con el país de Marzo. En el sueño, el viejo marinero del faro les explicó que había países en donde la gente era superior al paisaje; y que Marzo era uno de esos países.

No siguieron soñando, pues tenían que dormir. Cuando las bombas de nube dejaran de alumbrar los parques y las calles, ellos debían pedirle al Tío Caimán que los llevara hasta el centro del lago a encontrarse con el Sol.

CAPITULO IV

ABRIL: UN PAIS QUE ERA TODO CIUDAD

El Sol despertó cuando la trompa del Tío Caimán lo hurgó por las costillas. Entonces, nació un nuevo día.

Al saltar del Tío Caimán a la barriga del Sol, Lalo y Tala preguntaron:

—¿Dormías, amigo Sol?

—Sí —respondió el Sol—. Mientras llegaban, decidí dormir un rato sobre las aguas del lago —y agregó—: ¿Listos? Ya nos vamos a elevar.

Lalo y Tala alcanzaron a decir adiós con las manos. En la medida en que el Sol se elevaba, el Tío Caimán se iba haciendo pequeño. Al final se hizo tan pequeño, tan pequeño, que pareció una lagartija.

Pasó la mañana. El Sol permitió que los niños descansaran. Cuando sintió que había llegado el mediodía, gritó:

—Hace varias horas que volamos sobre el país de Abril.

Abril, todo, era una ciudad.

—¡Lalo! —gritó Tala—. ¡Mira cuántas cosas!

—¡Sí! —gritó Lalo—. ¡Y cuántos edificios!

—¡Nunca se acaban! —gritaron los dos.

Así era el país de Abril. Miles de calles que se cruzaban en forma de reja. Miles de autos y de buses que andaban por las calles como hormiguitas con motor. Miles de hombres, de niños, de animales que marchaban como juguetitos de cuerda. Y parques y plazas y torres. Y edificios tan altos que tocaban las nubes, con terrazas tan altas que en ellas nevaba. El país

de Abril parecía cuadrado, y tenía un orden muy especial.

El Sol les dijo a los niños:

—La nube los llevará, y mañana los traerá de nuevo hasta mí.

El Sol permaneció un buen rato en el centro del cielo. La nube amiga empezó a descender con los niños encima.

—Hasta mañana, Sol —gritaron los dos.

La nube amiga se posó sobre la azotea del edificio más alto de Abril. Sólo tres personas esperaban a Lalo y a Tala.

—Hola, niños viajeros del año —dijeron—. Somos la familia 825.

—Yo me llamo Ochocientos —dijo la mamá.

—Yo me llamo Veinte —dijo el papá.

—Y yo me llamo Cinco —dijo el niño.

—Y nosotros somos Tala y Lalo —dijeron los niños viajeros.

—¡Qué nombres tan raros! —exclamó la familia.

La familia 825 les mostró Abril desde la terraza. Para Tala y Lalo aquella vista no era algo especial, pues habían visto la ciudad desde mucho más arriba, cuando viajaban a bordo del Sol. Sin embargo, Lalo gritó:

—¡Miren! ¡Aun desde aquí, los autos parecen hormigas!

Desde la azotea del edificio más alto de Abril hasta el piso primero, se bajaba en un ascensor. Cuando Lalo y Tala sintieron el vacío en la barriga, echaron de menos al Sol.

La familia 825 y los niños viajeros salieron a la calle por la puerta principal. Sólo entonces la gente se volvió grande y los autos también.

La familia 825 vivía en un edificio pequeño, no muy lejos del edificio más alto de Abril.

—Vamos a casa, pues queremos invitarlos a almorzar —les dijo Ochocientos.

Todos caminaron y caminaron y caminaron. Nunca se acababan los autos, ni las calles, ni el asfalto, ni los ruidos.

Lalo y Tala se llevaron las manos a la cabeza, y Cinco preguntó:

—¿Por qué se tapan los oídos?

—Porque no soportamos el ruido— respondieron.

La familia 825 vivía en el piso 20 de un edificio que también tenía ascensor. Cuando subían, Lalo acercó su boca al oído de Tala y le dijo:

—Sube más rápido el Sol.

Tala sonrió.

Veinte y Ochocientos fueron a la cocina a preparar de comer. Entonces, Cinco llevó a Lalo y a Tala a ver sus juguetes. Y allí, con trenes y carritos y animales y arbolitos, Tala y Lalo le explicaron a Cinco cómo eran y dónde quedaban los países que habían visitado.

Mientras comían, Cinco les dijo a sus padres que él también quería viajar a bordo del Sol. Lalo y Tala le prometieron hablar con su amigo, y Cinco quedó muy contento. Así, mientras Ochocientos y Veinte se fueron a descansar a la alcoba principal, los tres niños se sentaron a escribir una carta dirigida al Sol.

Por la tarde, la familia 825 invitó a los niños viajeros a pasear por Abril. Lalo y Tala vieron correr los trenes por las calles, hablaron en el zoológico con animales de países lejanos, visitaron almacenes más grandes que Enero y Febrero, oyeron a las bandas del parque tocar canciones de muchos países del mundo y visitaron museos que explicaban cómo se había formado un país que era todo ciudad.

El Sol se puso, y esa noche fueron al circo. Allí conocieron chimpancés que cantaban y payasos que hacían reír sin hablar. Elefantes de Julio que bailaban la música alegre del desierto. Trapecistas de Enero que planeaban en el aire como el cóndor de los Andes. Cebras de Agosto que se quitaban la piyama y quedaban convertidas en simples burros de Marzo. Y pingüinos de Noviembre que danzaban sobre enormes bloques de cristal.

—Ahora, vayamos a casa —dijo Ochocientos a la salida del circo.

Y Veinte agregó:

—Antes de dormir, podemos ver televisión.

Y, sorpresa: el programa de aquella noche era sobre el país de Febrero.

¡Qué alegría! Para los niños viajeros fue muy grato volver a ver a la ballena tropical, a la gente de Villa Coquitos, a los hombres del tambor y a los niños que bailaban toda la noche en honor de los cocos.

Cuando Veinte y Ochocientos apagaron el aparato de televisión, los tres niños dormían en el sofá de la sala. En el sueño de aquella noche, Lalo y Tala vieron el país de Abril como un inmenso bosque, en el cual los autos se habían convertido en pajaritos, los edificios en árboles y las calles en caminos; y en el cual los animales del zoológico andaban libres por la espesura.

De pronto, sonó la alarma del reloj despertador.

La familia 825 debía llevar a los niños hasta el edificio más alto de Abril para que tomaran la nube y después abordaran el Sol.

CAPITULO V

MAYO: EL PAIS DE LA MIEL Y DE LAS FLORES

Lalo y Tala le dijeron adiós a la familia 825 y saltaron de la terraza a la nube.

La nube amiga descendió hasta la altura del piso cuarto del edificio, y a partir de allí voló hacia el horizonte casi rozando las casas.

—¿A dónde vamos, nube amiga?

—A encontrarnos con el Sol que descansa en aquella montaña —respondió la nube. Y en efecto, tras la montaña, ya encendido, los aguardaba el Sol.

La nube amiga se posó sobre el lomo

del Sol y todos juntos empezaron el descenso.

—¿Por qué tan rápido, Sol? —le preguntó Lalo.

—Las ciudades y yo nos queremos muy poco —respondió éste.

Y he aquí que, de repente, todo cambió. El mundo se abrió a la vista de los niños en muchos cuadros de colores y el aire trajo mezclados cien olores diferentes.

—¡Qué hermoso se ve todo y qué rico huele! —exclamó Tala emocionada.

—Es que volamos sobre Mayo, el país de las flores —dijo el Sol.

Al decir eso, «¡Aaaauuupp!», los niños sintieron el vacío en la barriga. Habían llegado a Mayo.

Lalo y Tala saltaron del Sol a la tierra de Mayo.

—Mañana a la hora convenida, en este mismo lugar —dijo el Sol al elevarse.

Cuando los niños respondieron «Sí,

Sol», ya el Sol no pudo oírlos, pues brillaba en lo alto.

Lalo y Tala caminaron sobre alfombras de pétalos y entre las eras de largos caminos de flores.

—Hola, amigos —dijo una voz.

Los niños buscaron con la vista la procedencia de la voz.

—¡Es un gigante! —dijo Tala.

—Señor Gigante —preguntó Lalo—, ¿sabe usted si aquí nos esperan? Nos llamamos Lalo y Tala.

La voz respondió:

—Ja, ja, ja, ja, sí los esperamos, niños. Pero yo no soy un gigante. Soy un molino de viento.

Entonces, Tala preguntó:

—¿Y cuál es su oficio, señor Molino?

El molino aceleró el alegre girar de sus aspas.

—Sacar agua de la tierra y también moler el viento.

—¿Moler el viento? ¿Para qué?

—Para mezclar el aroma de tantas flores.

El señor Molino abrió las puertas de su barriga. De su vientre salió una mujer.

—Hola, queridos amigos —saludó la mujer—. Soy la molinera de Mayo, la persona encargada de darles la dulce bienvenida.

El señor Molino habló de nuevo con su voz de trueno:

—La molinera de Mayo los acompañará a la ciudad capital, pues yo, ja, ja, ja, ja, no puedo caminar. Me faltan las piernas, pero ja, ja, ja, ja, soy feliz viviendo quieto.

Así pues, la molinera de Mayo invitó a los niños viajeros a visitar la ciudad capital, y en el camino les contó la historia de Mayo. Mayo era un país en donde, al principio de los tiempos, la tierra se quebraba retostada por el Sol, hasta que un día, a su gente se le ocurrió pedirle al Sol que alumbrara menos fuerte. El Sol, complaciente, redujo el calor de sus rayos y, además, sugirió que construyeran un molino. A partir de entonces, Mayo fue un país muy feliz.

—Tan feliz —añadió la molinera—, que un día en el que llovió las veinticuatro horas, las abejas formaron una nube para evitar una inundación.

—¿Las abejas? —preguntaron Lalo y Tala.

—Ah, sí: las abejas —respondió la molinera—. Son buenas amigas nuestras. Abejas, flores y gente nos queremos mucho en este país.

La ciudad capital del país de Mayo se llamaba La Floresta. En ella, hombres y abejas vivían felices y en paz. En sus calles, por cada casa había un panal tan alto y tan grande como una casa. En aquellos panales enormes las abejas vivían y trabajaban. La Floresta era una ciudad distinta de todas las ciudades, pues tenía más abejas que gente y muchos más árboles que abejas.

Al llegar a la ciudad, Lalo y Tala sintieron hambre, y así se lo expresaron a sus anfitriones.

—¡Qué dulce idea, ésa de comer! —exclamó la gente de Mayo—. La abeja reina los espera a almorzar.

La abeja reina vivía en un panal casi tan alto como la torre de la iglesia. Una corte de cien zánganos y trescientas obreras le hacían compañía en el enorme palacio.

Lalo y Tala fueron recibidos con honores en la sala del trono. Luego, la abeja reina se brindó a acompañarlos en un paseo por el panal. Los niños viajeros transitaron por laberintos en los cuales las abejitas obreras trabajaban en la elaboración de la miel y de la cera. Conocieron los patios del palacio en donde las abejitas almacenaban el néctar extraído de las flores. Miraron desde la azotea el juego de colores de los campos floridos. Y agitaron los pañuelos para saludar al señor Molino, quien les devolvió el saludo acelerando de nuevo el girar de sus aspas.

Finalmente, la abeja reina dijo:

—Ahora los invito al almuerzo y a las sorpresas que tengo para ustedes.

El almuerzo consistió en ricos pasteles de miel y dulces hechos con pétalos de flores. Lalo y Tala disfrutaron del ambiente luminoso del real comedor. Oyeron a las abejas obreras tocar una dulce canción con el solo batir de las alas. Y vieron a los zánganos bailar danzas que simulaban las labores propias de la fabricación de la miel y de la cera.

Acabado el almuerzo, la música y las danzas, la abeja reina les dijo a los niños viajeros:

—Ahora vayan con la dulce gente de Mayo, pues hay más sorpresas para ustedes.

Los habitantes de La Floresta se habían organizado en las afueras del pueblo. Habían amarrado a sus espaldas las sillas de las salas y los asientos del comedor, y los habían llenado de flores; igual habían hecho con los sombreros y el ojal de las camisas.

Sentados frente a una mesa en la plaza, Lalo y Tala presenciaron el desfile de las sillas con flores. Pero empezado el desfile, llegó la noche.

La gente de La Floresta encendió las luces de la calle, que eran enormes postes de cera cuyas mechas iluminaban la ciudad con tonos distintos de blanco y amarillo. Y con la luz de la cera y el fulgor de las estrellas, los colores de las flores se tornaron más vivos aún.

Los niños viajeros aplaudieron el espectáculo de flores y de luces, de colores y sonrisas; gritaron de contento como gritaban los niños de Mayo, y volvieron a comer dulces de pétalos y flores. De pronto, se sintieron fatigados y pidieron que los llevaran a dormir.

—Dulces sueños —les desearon los habitantes de Mayo.

Fue lo último que oyeron esa noche. Luego de aquellas palabras, entraron a navegar en un mundo en donde las voces eran lejanas, los olores más fuertes, los colores más vivos y el aire más dulce que el mismo aire de Mayo.

—Shht, duermen —dijeron los habitantes de Mayo, y los dejaron descansar.

CAPITULO VI

JUNIO: EL PAIS CORAZON DE LA TIERRA

Viajando a bordo del Sol con rumbo al nuevo país, Lalo y Tala saltaron de emoción:

—Mira, Lalo, ¿ves lo que yo veo?

—Sí, ¡qué hermosura!

—Yo también lo veo —exclamó el Sol.

Era el país de Junio: dos porciones de tierra separadas por un canal, pero unidas por un puente inmenso. El canal comunicaba dos enormes océanos azules.

Al empezar a descender, el Sol gritó:

—¡Agárrense, niños, pues vamos a aterrizar en el centro del mundo, y del año!

Lalo y Tala tenían ya experiencia en los descensos. Se agarraron de la nube amiga y volvieron a sentir el vacío en la barriga.

El Sol sumergió la mitad de su cuerpo en las aguas del canal y empezó a navegar hacia el puente.

—Mira, Tala —dijo Lalo—: el Sol se ha convertido en un barco y ahora navegamos por el canal.

—Sí —gritó el Sol—, navego como el Tío Caimán del país de Marzo. Voy a situarme debajo del puente.

El Sol flotaba en el agua, circundado por un anillo de reverberaciones. Era tanto su calor, que el agua hervía al contacto de los rayos.

—Bien, niños, ¿qué les parece todo esto?

Los niños gritaron emocionados:

—¡Fantástico! Estamos en el centro del mundo, y del año. ¡Hurra!

Era verdad. El Sol se había colocado debajo del puente: estaban en el centro del mundo.

De pronto, Lalo y Tala escucharon murmullos. Era la gente de una y otra parte de Junio que llegaba a darles la bienvenida.

El Sol se elevó lo suficiente para tocar el puente con el lomo. Lalo y Tala saltaron al puente.

—No lo olviden —habló el Sol—: mañana a la hora de costumbre, en este mismo lugar.

El Sol subió hasta su sitio en el cielo, pues debía continuar el camino en la ruta del día. Así, el calor amainó y la gente de Junio dejó de sudar.

Lalo y Tala recibieron saludos y hermosos presentes: un ramo de flores tropicales para ella y una canasta de frutas para él.

—Las flores son del jardín de la derecha y las frutas de los huertos de la izquierda —dijeron los habitantes de Junio—, pero es igual, pues a la izquierda también producimos frutas jugosas y a la derecha flores hermosas.

Confundidos, los niños preguntaron:

—¿Y en qué parte de Junio nos esperan primero?

—En ambas —respondieron.

—¿Cómo así? —preguntaron aún más confundidos.

Los habitantes de Junio respondieron:

—Así somos en el centro del mundo. Uno de ustedes pasará el día a la izquierda de Junio y el otro lo hará a la derecha. Por la noche, dormirán junto al puente, en el centro del año, y contarán el uno al otro lo sucedido. Es una hermosa manera de compartir las experiencias, ¿no creen?

Lalo y Tala volvieron a saltar de emoción. Aquello era algo que nunca antes habían hecho. Después sintieron tristeza por tener que separarse, pero pensaron que a veces separarse de los seres queridos era necesario.

Volver a encontrarse sería muy grato, y mucho más grato aún, sentarse a escuchar las experiencias del otro y compararlas con las propias.

—Es una hermosa forma de aprender —comentaron los habitantes de Junio.

—Y algo nuevo y muy curioso, y que en ningún país habíamos hecho— agregaron Lalo y Tala.

—Manos a la obra —sugirió entonces la gente de Junio—. Primero debemos decidir a qué lado se va cada uno.

Tala concibió una idea:

—¿Tienen ustedes una moneda? —dijo—. La jugaremos a cara o sello.

—¿No tienen ustedes, por casualidad, una moneda de otro país? —dijeron los habitantes de Junio, alzando los hombros—. Las monedas de Junio traen por ambas caras la misma figura.

Lalo metió su mano al bolsillo y gritó:

—¡Aquí hay una de Abril!

—Bien —dijo Tala—, lánzala: si sale

edificio me voy a la izquierda, y si sale casa me voy a la derecha.

Salió edificio. Tala dio un paso a la izquierda y Lalo armó grupo con la gente de la derecha.

Antes de despedirse, los hermanos se abrazaron.

—Nos vemos en este lugar a las ocho de la noche —dijo Tala.

Y Lalo respondió:

—Sí, a las ocho —y cada uno partió con su grupo de amigos.

El día en el puente transcurrió como cualquier otro día en el centro del mundo. Gente y animales de todos los países pasaron de un lado a otro llevando alimentos y cantando canciones. Bandadas de aves surcaron los aires llenando el espacio con olores de otras regiones. Peces de colores cambiaron de océano utilizando las aguas del canal para ir a visitar otros peces amigos.

Oscureció pasadas las siete, pues en el centro del mundo la noche llega tarde. Antes de las ocho, Tala se presentó por el camino de la izquierda acompañada de cuatro personas que cargaban palos, cuerdas y bultos de tela. Lalo llegó a las ocho en punto por el camino de la derecha, acompañado de cuatro personas.

—Tala, tengo tantas cosas que contárte —dijo Lalo al abrazar a su hermana.

—Yo también tengo cosas que decirte —le respondió ella.

—Creemos que es mejor armar ya la carpa en donde van a dormir. Tendrán la noche entera para hablar —comentó la gente de Junio.

—Bravo: dormiremos en carpa, ¡qué divertido! —gritó Lalo.

—Bien: manos a la obra —dijo Tala.

En tierra firme, junto al puente, los ocho amigos de Junio clavaron palos y estacas, templaron los vientos e izaron la carpa. Después, de otra bolsa de lona, sacaron mantas, colchones y almohadas.

—Mañana, cuando el Sol los haya recogido, volveremos por nuestras cosas —dijeron los amigos de Junio—. Y ahora... felices sueños y buen viaje.

Al pie de la carpa, Lalo y Tala se despidieron de los amigos de Junio. Luego, vieron partir los dos grupos hacia sus casas, el uno hacia la izquierda y el otro a la derecha.

Esa noche no pudieron hablar, pues estaban muy cansados. Antes de las nueve se quedaron dormidos, pero como ambos habían prometido contarse las experiencias vividas, el uno se soñó esa noche haciendo lo que el otro había hecho durante el día. Así, Lalo se encontró de pronto en la parte izquierda de Junio, en una inmensa huerta en la que crecían todas las frutas del mundo, en donde las casas estaban hechas con troncos de árboles y los techos con ramas de frutales. En esa parte de Junio las personas no bebían agua sino jugos de fruta, y no comían postres ni helados, sino salpicones de colores. También habían construido un museo al que llamaban Museo de la Primera Mitad del Año, y que Lalo visitó en su sueño. En él vio, encerradas en escaparates de vidrio, cosas que ya conocía y que avivaron su recuerdo. Volvió a ver las quenas con las que un habitante de Enero arrullaba a sus amigos una noche cada año; los tambores que en las fiestas de Febrero hacían bailar a la gente hasta la salida del Sol; un barco de vidrio de Marzo, que antes había sido un barco de nubes; un aparato con botones en el cual Cinco, el amiguito de Abril, los había invitado a ver televisión; y una réplica en miniatura del señor Molino de Mayo quien, sin moverse de su sitio, extraía agua de la tierra con la máquina de su estómago gigante.

En su sueño, Tala se halló de repente en la parte derecha del país de Junio, en un inmenso jardín florido, en el cual crecían todas las flores del mundo, y en donde las casas estaban hechas con troncos de pétalos prensados y los techos con hojas de rosales. En esa parte de Junio las personas no se bañaban en lagos ni en ríos, sino en estanques de agua de flores; y no adornaban su ropa con colores estampados, sino con pétalos vivos de flores naturales. También allí habían construido un museo al que llamaban Museo de la Segunda Mitad del Año, y que Tala visitó en su sueño. En él, Tala vio, igualmente encerradas en escaparates de vidrio, cosas que no conocía pero con las que habría de encontrarse en la continuación de su viaje. Conoció la arena dorada de Julio, un país que no tenía capital y cuya gente se transportaba en camellos; una canoa de Agosto, el único sitio del mundo en donde los niños visitaban un zoológico sin rejas; el equipo de buceo que utilizaban en Septiembre para asistir a conciertos de música en el fondo del río; un muñeco de tamaño natural hecho con la nieve que, en Octubre, cubría las calles y blanqueaba los caminos; un vestido de los esquimales de Noviembre, un país en donde las casas se hacían con ladrillos de hielo; y una torta de harina y chocolate como la que su familia comía en Diciembre, país famoso por sus fiestas de Navidad.

Despertaron tarde y con frío.

—Lalo —dijo Tala al abrir los ojos—: hace frío en pleno Junio, y el día está muy nublado. Es extraño. Y hay viento. Mira: la carpa se mueve.

Lalo abandonó la carpa y se encontró de pronto envuelto en una densa neblina.

—Ja, ja, ja —se oyó a lo lejos la voz del Sol—. Se quedaron dormidos y tuve que enviar a la nube amiga para que los despertara.

Tala abandonó también la carpa, y cuando la nube amiga volvió a su sitio sobre el Sol, ambos pudieron ver la claridad.

El Sol habló de nuevo:

—Bien, queridos amigos: aquí estoy tomando un baño en el canal. Caminen hasta la mitad del puente y salten sobre la nube. Rápido, que estamos atrasados, y el día me espera.

Lalo y Tala siguieron las intrucciones del Sol.

CAPITULO VII

JULIO: UN PAIS DE ARENAS Y ESPEJISMOS

Con los niños a la espalda, el Sol dejó atrás las cabezas de tierra de los dos continentes. Perdió de vista el brillo del puente. Voló sobre un mar que aún era verde y entró por fin en un universo de aguas azules.

Un rato después, Tala gritó:

—Mira, Sol: allá adelante el mar es todo amarillo.

—No —dijo el Sol—. No es un mar amarillo. Son las arenas de un desierto. ¡Y ahora, agárrense con fuerza porque vamos a bajar!

Los niños vieron abrirse ante sus ojos una inmensidad tan grande como el mar, pero de arena. Al verlos cubrirse los ojos con las manos, el Sol dijo:

—No se preocupen por el resplandor. Ya se acostumbrarán.

Lalo y Tala saltaron del Sol a la arena y hasta entonces sintieron calor. Nunca llovía en el desierto, y por eso el país de Julio era todo de arena. Lalo y Tala habían aprendido que cuando no hay agua tampoco hay vegetación, y arrecia el calor.

El Sol ascendió a ocupar su lugar en el cielo. Entonces, Tala preguntó:

—¿Y ahora, qué hacemos?

Lalo no alcanzó a responder, pues ambos divisaron a lo lejos unas figuras que se movían sobre la arena. Fueron precisando las figuras, armando ante sus ojos el milagro de la aparición de tanta gente, tanta bulla y tanta alegría.

—¡Viva! ¡Es una caravana! —gritó Lalo con emoción.

Sobre diez camellos en fila, los habitantes de Julio marchaban hacia ellos a darles la bienvenida. Traían conjuntos musicales de flautas, timbales y panderetas, bailarines que danzaban lanzándose a la arena y volviéndose a subir a las cervices, malabaristas que hacían piruetas caminando por el cuello de los camellos, y hombres y niños y mujeres que cantaban canciones que Lalo y Tala nunca antes habían escuchado. Todos venían protegidos del Sol con túnicas blancas que arropaban sus cuerpos de pies a cabeza.

La caravana se detuvo frente a los niños. Un anciano que viajaba en el primer camello suspendió la música con una señal de su mano, y dijo:

—Lalo y Tala, niños viajeros del año: el país de Julio se ilumina más aún con vuestra presencia. Sean bienvenidos a esta nación de gentes viajeras. Hacemos votos porque vuestra estada entre nosotros refresque nuestras almas y enriquezca las vuestras.

Los niños viajeros subieron a los camellos. El conjunto de instrumentos arrancó a tocar de nuevo la música dulce y profunda de Julio, y la caravana continuó la marcha con rumbo indefinido.

En Julio la gente hablaba poco, apenas lo necesario. Lalo y Tala también guardaron silencio, pues habían aprendido a respetar las costumbres de cada país.

—¿Está muy lejos la capital de Julio? —preguntó Lalo.

La música dejó de sonar y los camellos se detuvieron.

—Julio no tiene capital. Nuestro país es el desierto.

Respondida la pregunta, la caravana continuó la marcha y la música volvió a sonar.

Poco antes del mediodía, Lalo y Tala vieron aparecer en el horizonte otra caravana. A una señal del anciano la música cesó y los hombres de Julio bajaron los baúles y las cajas que traían en los camellos. Igual cosa hicieron los hombres de la otra caravana.

El anciano les dijo a los niños:

—Ahora las dos caravanas intercambian productos. Así nos ayudamos unos a otros en Julio.

La caravana de Lalo y de Tala entregó pieles de leopardo y géneros de algodón, y la otra caravana dio a cambio botijas de vino, frutas secas y pan sin levadura.

Intercambiados los productos y repetidos los saludos, las dos caravanas prosiguieron sus caminos. De repente, Lalo y Tala fueron sacudidos por gritos de contento. Al principio no entendieron qué pasaba. Sobre cada uno de los diez camellos, la gente gritaba y aplaudía. A lo lejos, sobre la piel del desierto, habían divisado un lunar verde del que brotaban tres palmeras solitarias.

—Es un oasis —dijo entonces el anciano.

Las aguas de aquel oasis fueron una

bendición para los viajeros, pues en ellas los hombres se aprovisionaron para el viaje y los camellos pudieron beber. Calmada la sed, tres hombres alcanzaron dátiles de las palmeras, sacaron pan de los baúles e invitaron a Lalo y a Tala a comer. Y calmada el hambre, la gente de la caravana hizo una siesta bajo las palmeras. Repuestos del cansancio, continuaron la marcha.

Al entrar la tarde, la luz del horizonte empezó a hervir a lo lejos en la arena. Aun sabiendo que contrariaba las leyes del silencio, Tala se atrevió a gritar:

—¡Miren allá: otra caravana!

—No es otra caravana. Es un espejismo —dijo el anciano sin alterarse.

Lo era en realidad. Impresionados ante el milagro, Lalo y Tala vieron que una caravana, que era copia de la misma caravana en la que ellos cruzaban el desierto, se acercaba de frente con el mismo paso lento. Y se vieron ellos mismos marchar hacia ellos mismos al lado del anciano y sobre el lomo de un camello repetido.

El anciano hizo de nuevo la señal: «¡Uhhhh!», gritó, y la música cesó. Entonces, preguntó a los niños:

—¿Qué quieren hacer?

—Hablar con Lalo y Tala de espejismo —respondieron.

Así lo hicieron. Lalo y Tala abandonaron los camellos y caminaron hacia sus imágenes que también bajaron de sus camellos de espejismo y caminaron hacia ellos. A una distancia igual de ambas caravanas, hablaron con ellos mismos. Sentados sobre la arena del desierto, Lalo y Tala de espejismo dijeron a Lalo y Tala de verdad que ellos también viajaban por el año pero en sentido contrario, pues partiendo de Noviembre entrarían a Diciembre por Enero. Lalo y Tala de verdad contaron a Lalo y Tala de espejismo lo que habían visto desde Enero hasta Julio, y Lalo y Tala de espejismo contaron a Lalo y Tala de verdad lo que encontrarían de Julio hasta Diciembre. Antes de despedirse, Tala de verdad y Lalo de espejismo sugirieron:

—Hagamos una broma a ambas caravanas.

Lalo de verdad y Tala de espejismo respondieron:

—Buena idea. Pasemos los de verdad a la caravana de espejismo y los de espejismo a la caravana de verdad.

—Trato hecho —gritaron los cuatro al tiempo.

Así pues, Tala y Lalo regresaron a las caravanas convenidas.

—¿Listos? —preguntó el anciano.

—Listos —respondieron los niños.

Cuando la caravana reanudó la marcha, Tala y Lalo se sintieron muy cansados. Había sido un día trajinado y ya empezaba a oscurecer. Quisieron descansar un rato recostando las cabezas en el regazo del anciano. Cerraron los ojos y se quedaron dormidos. Soñaron que ellos no eran ellos sino sus propios espejismos, y que la noche los había vuelto transparentes; y más transparentes aún, hasta que al fin desaparecieron.

Sin embargo, no desaparecieron. Cuando el Sol los despertó, descansaban sobre la arena y roncaban como lirones.

—Eso les sucede a los niños traviesos que cabalgan en caravanas de espejismo —dijo el Sol, sonriendo.

Lalo y Tala despertaron alarmados.

—Sol amigo, buenos días. ¿En dónde están los amigos de Julio?

El Sol rió con fuerza:

—Han desaparecido, pues eran de espejismo. Por ser tan traviesos, ustedes han dormido sobre la arena. Me dio mucho trabajo encontrarlos en la grandeza del desierto. Ahora suban, porque estamos atrasados.

CAPITULO VIII

AGOSTO: EL PAIS VERDE ESMERALDA

A bordo del Sol, Lalo y Tala volaron alegres sobre el mundo amarillo de Julio. Pero antes de lo esperado, el desierto empezó a motearse con lunares de vegetación. Los lunares se hicieron más grandes, hasta que todo terminó tiñéndose de verde.

La voz del Sol sonó con bríos:

—Agosto, niños. ¡Bienvenidos al país verde esmeralda!

A lo lejos, el pico rocoso de una montaña emergía del corazón de la selva.

El Sol habló de nuevo:

—Descenderemos sobre las rocas de la montaña. Y no pregunten, niños, cómo y en dónde los recogeré, pues les he preparado una sorpresa.

Lalo y Tala saltaron a la montaña. Cuando el Sol se alejó y alumbró en lo alto, el país de Agosto se abrió a los ojos de los niños con su selva verde y apretada, su aire de agua llovida y su cielo azul como el mar.

—¡Que viva Agosto, pues parece un mar al revés con bellas nubes de selva! —gritó Lalo.

—Y huele a dentífrico, además —añadió Tala.

Del pico de rocas partía un camino labrado en torno a la montaña, y bajaba en espiral abierta hasta la selva. Tomados de las manos, Lalo y Tala descendieron por él evitando tropezar con las piedras y las ramas. Cuando ya casi pudieron rozar con sus cuerpos las copas de los árboles, oyeron el saludo:

—¡Bienvenidos a Agosto, Lalo y Tala! —dijo la gente que salió de la selva.

Lalo y Tala preguntaron:

—¿Son ustedes tan altos que sobrepasan las copas de los árboles?

—No —respondió la gente de Agosto—. Venimos sobre elefantes gigantes para sobrepasar los árboles.

—¡Hurra! —gritaron Lalo y Tala y saltaron al lomo del primer elefante.

Se internaron entonces en una selva tupida y húmeda. Durante la travesía oyeron la bulla de los pájaros de Agosto, el ruido de la brisa removiendo los ramajes y el canto de la gente que anunciaba su paso con maracas y tambores.

La selva acabó de pronto frente a una explanada; y en el centro de ella, se alzaba una ciudad. Era un poblado de casas con paredes de caña y techos de paja seca, cuyas calles tenían alfombras verdes de pasto natural. Estaba situado a orillas de un río estrecho y caudaloso.

Los habitantes del poblado habían salido de sus casas a darles la bienvenida a los niños. Lucían ropas de telas livianas, collares de colmillos, brazaletes de oro y plumas de colores. Cantaban y bailaban al son de una música que los niños viajeros creyeron haber oído antes en otro lugar.

—Bienvenidos sean, niños viajeros del año —saludó la gente del poblado—. Queremos hacer grata y alegre su estada entre nosotros.

Lalo y Tala no vacilaron en manifestar un viejo deseo:

—Gracias —dijeron primero, y luego agregaron—: Queremos conocer el Zoológico sin Rejas, del cual tuvimos noticia en otro país.

Entonces, los niños de Agosto tomaron de la mano a los niños viajeros y los condujeron al patio de la última casa.

—Aquí está.

—¿Aquí? —les preguntaron Tala y Lalo.

Apenas dijeron eso, saltaron a su vista cebras cruzadas en la piel por rayos negros, flamingos que marchaban sobre zancos, hipopótamos gigantes y elefantes enanos, tigres y leones que soñaban acostados en la hierba, boas perezosas que jugaban con insectos, y gansos y liebres y venados, y patos y conejos...

—¿Son amigos? —preguntaron los niños con desconfianza.

Para demostrar que sí lo eran, los niños de Agosto invitaron a los niños viajeros a pasear sobre las cebras, a cruzar el río sobre hipopótamos y elefantes, a apostar carreras con tigres y conejos y a bailar sobre la hierba con un grupo de flamingos. Antes del mediodía, Lalo y Tala terminaron agotados y con hambre.

—Ahora sí —dijeron los niños de Agosto—, llegó la hora de comer.

En el poblado, los mayores habían preparado las viandas del mediodía: un cocido de raíces y tubérculos con

NICHOLLS
A ROUSBEAU.

bananos dulces cocinados al Sol. Al sentarse a la mesa, Tala exclamó:

—¡Bravo! Bananos cocidos al calor de nuestro amigo.

Y así, mientras comían, los niños viajeros contaron las maravillas de otros países y hablaron a los niños de Agosto de su amistad con el Sol.

—Agosto es un país muy hermoso —comentó Lalo—. Nunca soñamos con visitar un zoológico sin rejas, ni convivir igualmente con hombres, mujeres y animales.

Concluida la comida, llegó la hora del postre.

—El postre es lo único que traemos de otro país —comentaron las mujeres de Agosto.

Y he aquí la sorpresa:

—¡Mira, Lalo! —exclamó Tala—. ¡Raspados de Enero!

Los niños viajeros corrieron a abrazar al cóndor amigo, de cuyas alas colgaban los canastos con raspados y en cuyo pico brillaba una carta.

—¡Una carta de Enero! —exclamaron los niños.

Queridos Tala y Lalo:

Según nuestros cálculos, hoy deben de estar en el país de Agosto. El Sol nos ha contado que la han pasado bien. Esperamos que disfruten estos raspados especiales que les enviamos con el cóndor amigo. Muchos éxitos en el resto del viaje, y muchos abrazos de,

La gente de Enero.

Tala y Lalo respondieron la carta con iguales muestras de cariño, y después de la comida vieron partir al cóndor amigo llevando plumas y collares y tambores y brazaletes de oro a cambio de raspados.

Al comienzo de la tarde, la gente de Agosto dijo:

—Prepararemos la canoa para el viaje de regreso.

Fueron con los niños a la selva y derribaron un árbol de bonga. Cortaron las puntas y lo abrieron por la mitad como quien abre un pan en dos tajadas. Pulieron una de las partes y, esculpiéndole popa y proa, le dieron forma de canoa; luego la echaron al agua. Por último, picaron la superficie al aire con hachas y cuchillos, le esparcieron petróleo crudo por encima y le prendieron fuego.

—¿Qué va a suceder ahora? —preguntaron Tala y Lalo.

Los hombres de Agosto dijeron:

—Lo que siempre sucede. Es la forma como hacemos las canoas. El fuego consume el relleno y le va dando la forma interior. Los bordes no se queman, pues están impregnados del agua del río. El fuego hará su oficio en la tarde y la noche. Mañana al amanecer, la canoa estará terminada.

Lalo y Tala comentaron entre ellos:

—Es muy sabia la gente de Agosto.

Ya había oscurecido y llegado la hora de los juegos.

En la fiesta que esa noche ofreció a Lalo y a Tala la gente de Agosto, participaron también los animales. Los leones pasaron a través de aros de fuego, los flamingos danzaron al compás de los tambores, los elefantes marcharon en círculo agarrados de las trompas y las colas, los monos hicieron malabares columpiándose en las lianas; y después, los animales tomaron los tambores y armaron una orquesta para que la gente pudiera bailar. Así, los bailes, la comida, la bulla y el contento rebasaron la medianoche.

Aún estaba oscuro cuando Tala y Lalo subieron a la canoa entre el adiós de la gente y el ruido de animales. Tala desató las amarras, Lalo tomó el canalete, y la canoa empezó a navegar. Río abajo, un resplandor clareó el horizonte. La luz se hizo más intensa y el río agarró tintes de oro. Entre el vapor de las aguas se dibujó un arco iris con siete tonos de dorado.

De pronto, un ruido de agua derramada golpeó el oído de los niños.

—Mira, Tala: el agua se precipita. El río se acaba y cae. ¡Es una catarata!

Tala no tuvo tiempo de responder. La canoa corrió veloz y se precipitó con las aguas.

Los niños oyeron el timbre de una risa amiga:

—¿Creyeron que los abandonaría?

Era la voz del Sol. La canoa había amortiguado el golpe sobre la nube amiga. Cuando Lalo y Tala saltaron a la nube, la canoa cayó al vacío. El Sol brilló esplendoroso, y empezó a nacer el día...

—Sol —dijeron los niños viajeros—, ¡tremendo susto nos has dado!

—¿No dije acaso que les había preparado una sorpresa? —respondió el Sol.

Y mientras el Sol hablaba, el país de Agosto se iba viendo más pequeño y siempre verde, más pequeño y siempre verde, más pequeño...

CAPITULO IX

SEPTIEMBRE: UN PAIS QUE AMABA EL RIO

Lalo y Tala continuaron el viaje al lomo del Sol, siguiendo desde arriba el curso del río.

El río, sin embargo, no fue siempre el mismo. Mientras serpenteaba por praderas y valles se iba volviendo ancho y caudaloso; y más ríos y más arroyos corrían a entregarle sus aguas.

A ambas orillas del cauce todo era verde como la selva, pues tanta agua y tanta vida refrescaba la tierra.

—Agosto sigue siendo muy hermoso —comentó Lalo.

El Sol lanzó una carcajada:

—No es Agosto. Estamos volando sobre el país de Septiembre.

—Sol: nos estás tomando del pelo —refunfuñó Tala.

—Me gusta tomarle el pelo a la gente —dijo el Sol—. A mí nadie me lo puede tomar, porque soy calvo, ja, ja, ja.

Lalo y Tala sonrieron, y el Sol volvió a hablar:

—Miren para abajo y díganme qué ven hacia adelante.

—Lo que veo me parece una aguja de tejer —dijo Tala.

—¿Una aguja de tejer? ¿Por qué?

—Veo el río como un hilo de metal y en su parte más ancha una isla que parece el ojo de una aguja —respondió ella.

El Sol gritó emocionado:

—¡Bravo! ¡Bien respondido! Esa isla se llama Ojo de Aguja, y es una ciudad: la capital del país de Septiembre. Y ahora, niños, listos... que vamos a bajar.

Diciendo esto, el Sol empezó el descenso. Lalo y Tala se vieron de repente al nivel del río y sintieron nuevamente el vacío en la barriga.

—Bueno, amigos, los dejo aquí en la orilla. Un barco los recogerá...

Lalo y Tala no alcanzaron a oír el final de la frase, pues el Sol se elevó de inmediato. Navegando en el río se acercaba un barco de nube, con velas de nube y banderas de vapor. Su único tripulante era una paloma.

—Hola —saludó la paloma capitana—. Este es un barco de nube del país de Marzo. Traigo para ustedes saludos de mi gente y una carta del viejo marinero. Ahora súbanse, pues me han hecho el encargo de llevarlos hasta Ojo de Aguja.

Lalo y Tala subieron a bordo. Aquel barco de nube era un barco especial, pues navegaba silencioso, sin ruido ni motor. Era impulsado por el viento y pasaba como nube por entre las cosas.

Desde las playas de la orilla, los caimanes saludaban moviendo la cola. Lalo y Tala devolvían los saludos desde el puente de mando.

La paloma capitana comentó:

—Son los sobrinos de Septiembre que envían saludos al Tío Caimán del país de Marzo. Y a propósito —agregó—, leamos la carta del viejo marinero:

Queridos niños viajeros del año:

Me alegra mucho que estén disfrutando del viaje. El barco de nube que conduce la paloma capitana los llevará hasta Ojo de Aguja y después continuará su camino. Todo ha sido una sorpresa preparada para ustedes desde Marzo, pues quisimos que tuvieran la experiencia de navegar en una de nuestras nubes... digo, naves. Mil saludos y un abrazo de,

El viejo marinero y la gente de Marzo.

Al llegar al puerto, Lalo y Tala tuvieron la impresión de que nunca habían visto tanta gente. Ojo de Aguja era una ciudad de gran movimiento, habitada por seres que llevaban ropas extrañas, como si hubieran venido de los rincones más apartados del mundo. Por las calles y los muelles, hombres y mujeres iban y venían llevando sacos y costales que guardaban en bodegas, y cargando cajas y paquetes que subían a los barcos.

Ya en el muelle, la paloma capitana les dijo a los niños:

—Que disfruten los encantos de Septiembre. Yo sigo mi rumbo, pues los barcos de nube ni reparan sus motores ni cargan gasolina.

Cuando el barco se alejó, tres voces gritaron en coro:

—¡Bienvenidos a Septiembre, Lalo y Tala!

Era la familia encargada de esperarlos: Yiyo el papá, Yaya la mamá, y un niño llamado Tori.

Tori les entregó a los niños un ramo de flores, y les dijo:

—Nos alegra que hayan venido.

Septiembre es un país al cual viene mucha gente, pero al que nunca llegan los niños.

Tori pidió ser el guía del paseo por la ciudad. Les mostró a sus amigos viajeros las calles llenas de almacenes, las aceras repletas de gente y las esquinas ocupadas por las ventas ambulantes.

Mientras caminaban, los padres de Tori comentaron:

—Ojo de Aguja es un puerto y una isla y, como muchos otros puertos, vive del comercio. Gente de puntos lejanos del mundo viene hasta aquí a intercambiar sus productos. Somos también un país muy rico en agricultura, gracias al río que alimenta con sus aguas el gran valle de Septiembre.

Y Tori agregó:

—Esos productos de la tierra se van a otros países en los mismos barcos que traen las mercancías.

—El río aquí lo es todo —dijo Tala.

—Así como en Enero la montaña lo es todo, en Febrero el mar, en Marzo las nubes y el lago, en Abril la ciudad, en Mayo las abejas y las flores, en Junio el canal, en Julio el desierto y la selva en Agosto —añadió Lalo.

—¿Y cómo le paga Septiembre tantos favores al río? —preguntó Tala.

—Amándolo mucho y haciendo una fiesta en su honor. Esta noche están invitados a ella.

La familia vivía en las afueras del puerto, en una punta de la isla y a orillas del río. Los padres no eran viajeros ni comerciantes, sino areneros. Mientras Tori iba a la escuela, Yiyo y Yaya cuidaban la casa y extraían arena del fondo del río. Cada semana vendían toneladas de ella a maestros constructores de casas, bodegas y edificios.

Tala y Lalo saltaron de emoción:

—¡Queremos conocer el fondo del río!

Yiyo y Yaya prometieron complacerlos, pero primero quisieron invitarlos a comer. En el jardín sombreado de la casa, los niños probaron manjares de los puntos más remotos de la Tierra, traídos por los barcos que atracaban en Septiembre; vieron pasar las embarcaciones que dejaban el puerto, y hablaron de la vida y de la historia de los ocho países que habían visitado. Terminada la comida, hicieron una siesta en las hamacas del jardín.

Después de la siesta, dijo el padre de Tori:

—Niños: llegó la hora de cumplir sus deseos.

Tori les ayudó a los niños viajeros a calzar las aletas, a vestir las escafandras y a asegurar los tanques con oxígeno. Cuando estuvieron listos, Yiyo, Yaya y los tres niños subieron a una canoa y navegaron hasta el centro del río.

Yiyo contó hasta tres, y se lanzó por la borda.

Yaya y los niños hicieron lo mismo.

A grandes brazadas empezaron a bajar hacia el fondo. «Está todo muy oscuro», pensó Lalo y sintió enseguida la voz de Tala en su interior: «Así es, está oscuro». De pronto, una luz intensa brilló a lo lejos. «Mm», pensó Tala, «es como si el Sol visitara lo profundo de las aguas»... La luz intensa empezó a navegar al ritmo de ellos. Los padres de Tori siguieron la luz, y Tala, Lalo y Tori también la siguieron. Era el pez luminoso, que con un halo gigante se convertía en el guía de la excursión. Con su luz, las arenas del fondo brillaron como lentejuelas, la rémora de los galeones náufragos aumentó su verdor y las escamas de los peces resplandecieron con mayor intensidad. En ese instante, frente a una de las cuevas de las rocas, se oyeron los violines, las trompetas, los timbales y toda la música de una orquesta que tocaba muy cerca pero que no aparecía en el espacio brillante del pez luminoso. Tala le habló a Lalo con la mente: «Eh, Lalo: ¿me oyes?» «Sí te oigo». «¿Ves lo que yo veo?» «Sí lo veo». «¡Qué hermosura!», dijo el uno, y la otra comentó: «Es la Orquesta del Fondo del Río». Entonces, por la boca de la cueva y al compás de la música del agua empezaron a salir los peces danzarines del Ballet de las Especies Fluviales. Peces grandes, flacos, gordos, chicos, de mil formas y colores bailaron para ellos deslizándose en el agua y moviendo las aletas, diseñando figuras con la estela de sus visos combinados. De repente, la música cesó, los peces se alinearon frente a ellos y les dijeron adiós con el temblor de las colas. Dejando al pez luminoso en sus dominios, Yiyo, Yaya y los niños ganaron la superficie.

—¿Cómo estuvo la aventura? —les preguntó Yaya cuando llegaron hasta la orilla.

—Superior a lo esperado —le respondieron Tala y Lalo.

Esa noche cenaron en la terraza. Fue

una cena ligera, pues Tala, Lalo y Tori estaban agotados y querían descansar antes de asistir a la Fiesta del Río.

Pero... no pudieron asistir a la fiesta. Vencidos por el cansancio durmieron a fondo durante toda la noche, y soñaron que habían asistido a otra fiesta en la cual la gente lucía ropas extrañas de tierras remotas y raras, y en la que había magos, saltimbanquis y payasos que hacían bromas geniales y malabarismos de ensueño que mantenían despiertos a los niños por días y semanas y meses y años...

Antes del amanecer, Yiyo y Yaya los despertaron.

—¿Les gustó la fiesta? —les preguntaron los padres de Tori.

—¿Cuál fiesta? No pudimos asistir, pues nos quedamos dormidos —les respondieron Tala y Lalo.

Tori y sus padres dijeron:

—¿No lo recuerdan? Sí pudieron. Bueno, ahora, a tomar una ducha y a arreglarse, pues ya va a salir el Sol.

CAPITULO X

OCTUBRE: UN PAIS TODO DE BLANCO

—Todo es blanco, blanco... como una sábana.

—Sí, niños, es Octubre.

El país de Octubre se abría como una sábana arrugada, blanca toda pero moteada de verde.

—Y los puntitos verdes, ¿qué son? —preguntó Tala.

El Sol respondió:

—Descenderemos y ya lo sabrán. ¡Aquí voy...!

Fue Lalo quien primero lo supo.

—Tala, mira: los puntitos verdes son árboles.

—Blanco y verde —exclamó Tala—. ¡Qué bella combinación!

—He ahí a Octubre en todo su esplendor —añadió el Sol.

La nieve que cubría el mundo de Octubre brillaba con los rayos del Sol, quien explicó:

—Al acercarme más, la nieve empezará a derretirse. Cuando se convierta en agua formará un río que correrá montaña abajo. Por ese río navegarán.

—¿En qué embarcación? —preguntó Tala.

—La nube amiga hará de barco —respondió el Sol.

—¡Yuuujuú! —gritaron los niños en coro.

El Sol continuó:

—Ya lejos de mí, el agua volverá a convertirse en nieve. Cuando eso suceda, desciendan de la nube amiga y sigan caminando, pues en ese sitio empezarán las sorpresas de Octubre.

Tal como el Sol lo dijo, sucedió: la nieve se derritió con el calor y la nube se posó sobre las aguas. Lalo y Tala empezaron a navegar a bordo de la nube amiga. El Sol se elevó. En el punto en donde las aguas ya eran nieve, los niños encontraron a la gente de Octubre.

—Hola niños, hola nube.

Lalo y Tala casi no pudieron saludar.

—Venimos muertos de frío —dijeron.

—Lo sabíamos —dijo la gente de Octubre—. Por eso les trajimos estos suéteres de lana.

La gente de Octubre le dio las gracias a la nube amiga, quien se elevó en busca del Sol.

—Ya nos está pasando el frío —dijo Tala, y después Lalo preguntó:

—¿Ustedes jamás sienten frío?

—Casi nunca —respondieron.

Lalo y Tala entendieron por qué. En Octubre las personas se cubrían el cuerpo con seis vestidos de lana y dos de algodón. Sobre el último vestido usaban un abrigo de cuero con pelos de oveja. Se cubrían la cabeza con una caperuza del mismo material del abrigo. En las manos usaban guantes de lana, sobre las orejas, orejeras de lana, y sobre la nariz, narigueras de lana.

Lalo comentó al oído de Tala:

—Parece que siempre estuvieran hablando por teléfono.

Tala sonrió y dijo en voz alta:

—Aló.

—¿Qué dicen? —preguntó la gente de Octubre.

—Nada, nada —respondieron los niños, sonriendo.

La gente de Octubre volvió a hablar:

—Debemos irnos, pues en Blancanieve nos esperan.

Cuando Tala y Lalo iban a preguntar qué era Blancanieve, los perros empezaron a ladrar.

Bajo un árbol cercano esperaban los trineos. Lalo y Tala subieron al primero de ellos y la caravana emprendió la marcha.

Blancanieve era la capital del país de Octubre, y no se hallaba lejos de aquel sitio. La ciudad estaba compuesta por dos docenas de casas en torno a una plaza. En uno de los costados de la plaza había un caserón enorme que iba de esquina a esquina.

—Es la escuela de la ciudad capital —explicaron los niños de Octubre.

Siempre deslizándose en la nieve, los trineos llegaron hasta la puerta de la escuela. Desde allí, Lalo y Tala repararon en las casas y en la plaza. Todo era blanco: el piso, las paredes, el cielo raso y los techos.

—No sólo la ciudad debería llamarse Blancanieve —dijo Lalo—, sino el país entero.

El interior de la escuela era cálido y acogedor. En torno al fuego del hogar, más hombres, mujeres y niños esperaban a Lalo y a Tala.

Al calentarse en torno al fuego, y mientras bebían tés hervidos en agua de nieve, Lalo y Tala entendieron por qué la vida en Octubre era una vida al interior. El calor del fuego y la amistad de la gente producían bienestar en el cuerpo y alegría en el corazón.

—Está lista la sorpresa —dijo una pareja que entró sonriendo en la escuela.

Lalo y Tala salieron a la plaza acompañados de la gente y encontraron la sorpresa: un par de muñecos de nieve que reproducían sus figuras.

—Son muy parecidos a nosotros— dijo Lalo.

—Son exactos —agregó Tala—. Pobrecitos: han de estar muertos del frío.

Los niños de Octubre sonrieron con la ocurrencia de Tala.

Esa mañana, Lalo y Tala fueron invitados a esquiar en una montaña cercana. Como nunca antes habían esquiado, dos niños de Octubre los sostuvieron de los brazos para que pudieran deslizarse suavemente montaña abajo. Así, los niños viajeros conocieron la sensación de velocidad sobre la

nieve y el sabor del aire frío cuando golpea sobre la cara, y volvieron a sentir el vacío en la barriga. Terminaron agotados y con calor.

—¿Se dan cuenta? —explicó la gente de Octubre—. Aquí tenemos formas propias para calentarnos al aire libre.

Después, los invitaron a un almuerzo comunal en la escuela. Lalo, Tala y la gente de Octubre comieron frutas y verduras cocidas en agua de nieve y en enormes ollas de cobre. Después del almuerzo, hombres y mujeres, niños y niñas cantaron para ellos una canción que decía:

Blanco, blanco
es nuestro campo.
Blancas, blancas
son nuestras almas.
Blanco, blanco
nuestro cantar.
Blanco, blanco,
todo de blanco...
nuestro Octubre
no ha de cambiar...

Lalo y Tala estaban tan cansados que alcanzaron a oír apenas una estrofa de la canción, pues a la segunda se quedaron dormidos. Cuando despertaron, ya era de noche.

—Perdimos la tarde —comentaron.

—Nada se ha perdido —dijo la gente de Octubre—. Son apenas las tres. En este país oscurece temprano.

Lalo y Tala supieron entonces que el Sol pasaba todos los días por un lugar muy remoto de Octubre. Sólo así la nieve podía seguir siendo nieve y no se derretía con el calor. Por eso eran tan cortos los días en aquel país. Supieron también que en Octubre había nieve durante ocho meses al año y durante cuatro no había.

—¿Y cómo es la vida con nieve y la vida sin nieve? —preguntaron los niños viajeros.

La gente de Octubre respondió:

—Durante los meses sin nieve trabajamos el campo y cosechamos alimentos para el resto del año.

—¿Y durante el resto del año, qué hacen?

—También trabajamos, pero al interior de las casas. Nos dedicamos a las artes manuales y a cantar, a leer y a escribir. Por las noches contamos historias y conversamos en familia.

Tala y Lalo lanzaron una idea:

—Con tanta nieve durante tantos meses, bien podrían montar una industria de raspados.

¿Raspados? Los habitantes de Octubre nunca habían escuchado aquella palabra. Lalo y Tala explicaron entonces qué eran, cuán delicioso sabían y de qué estaban hechos los raspados; y contaron que los habitantes de Enero extraían los almíbares de la flor de buganvilla y con ellos endulzaban los raspados y les daban color.

—Pero Octubre no produce esa clase de flores.

—No importa —respondieron Lalo y Tala—. Escribiremos una carta a los amigos de Enero y la enviaremos con el Sol. Pediremos la receta de los raspados y semillas de buganvilla.

Una vez escrita la carta, la gente de Octubre se retiró a sus casas a descansar. Cuando los niños viajeros se recostaron para llamar el sueño, Tala pensó:

«Cuán útil e importante es saber viajar. Viajando se aprende mucho y se puede ayudar a la gente. Si algún día volvemos a este país, podremos probar raspados de Octubre. Y todo, gracias a nuestra ayuda».

—Tienes razón —le dijo Lalo en voz alta.

—¿Escuchaste lo que pensaba?

—Sí, lo escuché. Tienes razón —le respondió Lalo.

Ambos estaban cansados, y se fueron quedando dormidos...

CAPITULO XI

NOVIEMBRE: EL PAIS DE LOS TEMPANOS VIAJEROS

Lalo y Tala esperaban en la cúspide de una montaña de Octubre pero el Sol no aparecía.

—No tardará —comentó Lalo—. Recuerda que en este país el día comienza muy tarde y acaba muy temprano.

En eso, todo se iluminó. Había empezado el día. El Sol se acercaba a gran velocidad, gritando desde lejos:

—¡Listos niños, que no me puedo detener!

Lalo y Tala saltaron a la nube amiga

antes de que la nieve empezara a derretirse.

Con los niños encima, el Sol ganó altura velozmente.

—Perdonen —dijo—. No podía detenerme, pues habría convertido a Octubre en un enorme mar de hielo derretido —hizo una pausa y agregó—: Bien, vamos con rumbo a Noviembre.

—Sol —comentaron Lalo y Tala—: estamos muy cansados. El viaje ha sido largo. Hemos recorrido en pocos días más de medio mundo.

El Sol se rió:

—Ya verán que Noviembre les quita el sueño.

Tala sonrió, pero Lalo, que había encontrado algo sobre la nube amiga, preguntó:

—Sol, ¿para qué usas esta bandera negra?

—Antes de responderte la pregunta —dijo el Sol—, mira hacia abajo y dime qué ves.

Lalo y Tala miraron hacia abajo. Noviembre era un país, como Febrero, todo hecho de mar, pero con manchas blancas en vez de islas.

Los niños preguntaron:

—¿Qué es lo blanco que se ve flotando sobre el mar?

—Son icebergs —respondió el Sol.

—¿Icebergs? ¿Qué es eso?

—Témpanos. Enormes islas de hielo que navegan hacia el sur y cuyos marineros son los esquimales.

—Explica mejor las cosas, Sol —reclamaron los niños.

—De eso se encargarán los propios habitantes de Noviembre. Y ahora... listos, porque vamos a bajar. Claven la bandera en la parte más alta de ese témpano.

La nube amiga llevó a los niños al témpano flotante y hasta él saltaron Lalo y Tala.

Cuando la nube retornó a su sitio, el Sol gritó:

—Mañana temprano no olviden clavar la bandera sobre otro témpano para poder localizarlos. ¡Que se diviertan!

Siguiendo las instrucciones del Sol, Lalo y Tala clavaron el asta de la bandera en la parte más alta del témpano. Entonces, sintieron frío a pesar de las ropas de Octubre.

Lalo exclamó emocionado:

—Mira, Tala: otro témpano se acerca y desde él nos saludan. Nos han localizado, ¿ves para qué sirve la bandera?

El témpano se acercó y chocó suavemente contra ellos. Era una enorme masa de hielo con barrancas y precipicios cortados por la brisa y pulidos por el agua. Brillaba como un diamante y olía a fresco y a limpio. En uno de sus valles había una casita en forma de cúpula, hecha con bloques de hielo, que tenía una sola puerta de arco. Frente a la casita, sonriendo y batiendo las manos, saludaba una familia: padre, madre y dos niños.

Lalo y Tala saltaron hasta el otro témpano.

—Hola —dijeron los visitantes—. Somos una familia viajera de los témpanos de Noviembre.

—Hola, amigos —respondieron Tala y Lalo.

—Yo soy Tem —dijo el padre.

—Yo soy Pana —dijo la madre.

—Yo soy I-í, la hija mayor.

—Y yo, Glu-glú, el hijo menor. Bienvenidos.

Tem, Pana, I-í y Glu-glú eran una familia esquimal del norte de Noviembre, en donde el mundo no estaba cubierto de nieve sino de hielo. Y aquellas islas blancas y flotantes eran pedazos de un mundo que, conducido por ellos, viajaba hacia países con poca agua, como Julio, por ejemplo.

La familia esquimal usaba ropas más gruesas que aquéllas que usaba la gente de Octubre, y comía grasa de pescados, de focas y de morsas para darse calor.

—¿Llevan agua a otros países? —preguntó Tala—. Pero si los témpanos son de hielo...

—Estás en lo cierto —le explicó Pana—. Al llegar a los países ardientes, el hielo se derrite y con semejante montaña de agua se construyen lagos y se fabrican oasis.

—¿Y cuando este barco de hielo se derrite, en qué retornan ustedes a Noviembre? —preguntó Lalo.

—Esta noche lo sabrán, cuando hablemos con la Luna —dijo Glu-glú—. Pero ahora, vengan, pues queremos mostrarles nuestra casa.

La casita en forma de cúpula y hecha toda de hielo se llamaba iglú, y al interior era cálida y acogedora. En ella, Lalo y Tala descansaron y conversaron con la familia esquimal.

—¿Y la casa también se derrite al llegar el témpano al país de Julio?— preguntó Tala intrigada.

—También —respondió I-í.

—¿Y en un viaje tan largo hasta Julio, qué hacen ustedes sin árboles, sin pájaros, sin ríos y en un mundo todo de hielo?

—Las noches son largas en Noviembre —comentó Tem—. Así, nos acostamos de espaldas contra el suelo y estudiamos matemáticas jugando con las estrellas. También aprendemos música con el sonido del mar y el canto de las ballenas. Es muy divertido. Ya verán.

—Además —comentó Pana enseguida—, procedemos de un país en donde la gente disfruta mucho con algo que a los habitantes de otros países les fastidia: el frío y el silencio.

Tem, Pana, I-í y Glu-glú se quedaron callados. Lalo y Tala empezaron también a disfrutar del silencio. Resultó ser tan plácido y tan dulce el no hablar que, cansados como estaban, se quedaron dormidos.

Un rato después se despertaron y salieron, pues afuera los esperaba una sorpresa.

Subidas al lomo de diez ballenas, las familias de diez témpanos vecinos habían venido a saludarlos. Las familias saltaron hasta el témpano de los niños viajeros, y dijeron:

—Bienvenidos a nuestro país, Lalo y Tala.

Lalo y Tala respondieron:

—Gracias, amigos. Estamos maravillados. Noviembre nos recuerda a Julio, un país en donde la gente se mueve pues no tiene capital. En Noviembre lo que se mueve es el mismo país, que viaja por el mar.

—No —corrigieron los visitantes—. Estos témpanos son apenas pedazos de nuestro país que viajan por el mar. Conducirlos es nuestro trabajo. Pero hay una parte de Noviembre que aunque es también de hielo, tiene fundamentos de tierra... y no viaja por el mar.

—¿Y cómo es la capital de Noviembre? —preguntó Tala.

—Una hermosa ciudad, construida

sobre una planicie de hielo verde y que tiene iglús de todos los colores.

De pronto, Lalo y Tala se estremecieron al escuchar las notas de un canto profundo y sostenido. Se voltearon a mirar y vieron a las ballenas navegando en torno al témpano de hielo, entonando cantos como escritos para viola y contrabajo. Tenían la cabeza adornada con penachos fabricados con el agua de colores que brotaba de sus cogotes.

—¡Bravo, bravo, amigas ballenas! ¡Qué hermoso espectáculo! —gritaron los niños viajeros.

Las ballenas dejaron de nadar en torno al témpano y los habitantes de Noviembre dijeron:

—Bien, debemos regresar, pues nuestros barcos de hielo no pueden navegar a la deriva.

—Son los únicos barcos que conozco sin timón ni motor —comentó Tala.

Antes de subir a las ballenas y alejarse con rumbo a los témpanos, los visitantes dijeron:

—Nuestro timón son los vientos y nuestro motor las ballenas.

Había empezado a anochecer. La luz del Sol disminuyó su intensidad y el horizonte se tiñó de oro. Tem le habló a su familia y a los niños viajeros:

—Subamos a nuestra ballena y vayamos a hablar con la Luna.

—¡Bravo! —gritaron Lalo y Tala—. Hace mucho tiempo que queremos conocerla en persona.

Subieron todos a la ballena y partieron al encuentro con la Luna, que brillaba como una naranja de oro sobre la línea del horizonte. Al acercarse, cada vez fue mayor el tamaño de la Luna y más radiante su resplandor.

—Hola, Lalo y Tala, amigos de mi amigo Sol —dijo la Luna con su voz de clarinete. Y luego le habló a la familia de Noviembre:

—Gracias por traer hasta mí a los niños viajeros del año.

Lalo y Tala hablaron con la Luna, le preguntaron por sus padres, le contaron a la compañera del Sol sus aventuras por tantos países, y rieron, pues la Luna, además de ser hermosa, tenía sentido del humor.

Cuando la Luna comentó que debía subir muy alto para alumbrar la noche, la familia de Noviembre le contó el motivo de su visita.

—Pasado mañana llegaremos al país de Julio y nuestro barco de hielo se derretirá. Venimos a pedirte que, como de costumbre, nos transportes de vuelta a Noviembre.

La Luna respondió complacida:

—Con gusto, amigos míos. La señal para recogerlos será la de siempre: haré brillar en la noche cuatro espejos hechos con colmillos de morsa.

La ballena inició un giro en U y la Luna empezó a elevarse.

—Adiós, amigos de Noviembre —dijo—. Adiós, Lalo y Tala. Saludos al Sol.

De regreso al témpano, Lalo y Tala se sintieron más cansados que nunca. El ambiente tibio del iglú los ayudó a conciliar el sueño. Durmieron durante ocho horas seguidas. Al amanecer, los despertó un resplandor intenso.

—Ja, ja, ja —rió el Sol que, con medio cuerpo en el agua, nadaba junto al témpano.

—¿Qué ha pasado, Sol?

—Que el iglú se ha derretido con mi calor. La familia de Noviembre clavó la bandera en el pico más alto del témpano y viajó sobre la ballena hacia otro barco de hielo. A la gente de Noviembre poco le agrada el calor. Sacrificaron su témpano para que yo los pudiera recoger.

—¡Qué buenos amigos son! —comentaron Lalo y Tala—. ¡Nunca lo olvidaremos!

—Ahora suban a la nube amiga —les dijo el Sol—, pues vamos con rumbo a Diciembre: ¡Hogar, dulce hogar!

CAPITULO XII

DICIEMBRE: UN PAIS QUE ERA EL CENTRO DEL AÑO

Lalo y Tala reconocieron por el olor la cercanía de Diciembre.

—¿Sobre qué país volamos, Sol? —preguntaron—. El aire trae aromas conocidos.

—Miren hacia abajo y lo sabrán —respondió el Sol.

Los niños se asomaron al borde de la nube amiga y miraron hacia abajo.

—¡Hurra! —gritaron—. ¡Todo es muy familiar!

Ante el amarillo y verde de los campos de Diciembre, los niños recordaron el día de la partida. Y recordaron también que habían comparado la campiña de su país con la colcha de retazos que sobre la cama ponían sus papás.

—Uff, ¡qué hermoso!

Lalo y Tala reconocieron la montaña de Diciembre en donde once días atrás los había recogido el Sol, así como el curso del arroyo que nacía en la montaña y que pasaba junto a la iglesia de piedra. Y saltaron de alegría cuando localizaron, como una casita de hormigas, la casa de madera en donde ellos vivían con sus papás.

—Hogar, dulce hogar... ¡ya vamos a llegar!

Cuando el Sol empezó el descenso, Lalo y Tala volvieron a sentir el vacío en la barriga. Las cosas que antes se veían pequeñas se hicieron grandes; y pronto, el Sol tocó suavemente la cima de la montaña.

—Miren, Lalo y Tala: los esperan.

Junto a uno de los árboles de la cima

de la montaña los esperaban sus padres en traje de descanso.

El Sol se asentó sobre la montaña. Lalo y Tala saltaron de la nube a tierra y corrieron a abrazar a sus padres. La madre les habló al Sol y a la nube en nombre de la familia:

—Gracias, amigo Sol, por cuanto has hecho. Gracias, amiga nube, por la feliz compañía. Nunca olvidaremos sus favores.

Sol y nube sonrieron, el uno avivando su luz de fuego y la otra despidiendo vapores de olor. Después, el Sol habló:

—Queridos amigos: debo regresar a mi trabajo. Descanso sólo un día cada cinco años. Hace dos tuve un día libre, pero prometo que dentro de tres años vendré a esta montaña a pasar mis vacaciones con ustedes.

—Sí, Sol —dijo Tala—. Tendremos un día de campo con comida de Diciembre, jugos de frutas y buenos helados.

—Ja, ja ja —rió el Sol—. No soy humano. Me alimento de otras cosas. De mi propia luz, por ejemplo.

—¿De tu propia luz? —le preguntó Lalo.

—Sí —respondió el Sol—. De mi luz y de otras luces. Ustedes son unos niños muy brillantes, y me han alimentado. Y dentro de tres años, la luz de lo que han aprendido me alimentará mucho más. Y ahora si...

El Sol se empezó a elevar.

—¡...Cálidos abrazos para todos!— terminó de decir, y fue haciéndose pequeño y lejano; su luz se confundió con los vapores de la nube y después avivó su resplandor de cristal.

La familia bajó de la montaña. Pasó frente a la iglesia de piedra y junto al arroyo que nacía en las alturas.

Antes de que llegaran a la casa, Tala le preguntó a su papá:

—¿Y por qué visten ustedes ropas de vacaciones?

El padre respondió:

—Es 24 de diciembre, y esta noche es Navidad.

—Es cierto —dijo Lalo, y agregó—: Mira, Tala, han venido a visitarnos.

Sus amigos de la escuela esperaban en el corredor de la casa. Tala y Lalo corrieron hacia ellos y se confundieron en abrazos con sus veinte compañeros.

—Han venido todos a desayunar con nosotros —les explicó la madre.

—¡Qué buena idea! —exclamaron Lalo y Tala—. Gracias, papá y mamá, por esta agradable sorpresa.

El padre dijo:

—Ahora que estamos todos juntos, nosotros y sus amigos, dígannos, Lalo y Tala, ¿cuál es el país más hermoso de cuantos han visitado?

Lalo y Tala no dudaron en responder:

—El año es el país más hermoso del mundo.

Solomán
Ramón García Domínguez

En esta divertidísima historia Solomán es un héroe que no posee poderes sobrenaturales. Es "sólo un hombre" que logra, con el sentido común, lo que los demás superhéroes no consiguen con sus poderes mágicos y extraordinarios.

¡Por todos los dioses...!
Ramón García Domínguez

En la mitología clásica se relatan algunas de las aventuras más grandes de todos los tiempos. En ella aparecen dioses, héroes, monstruos, ninfas, sirenas, gigantes y muchos otros seres extraordinarios. En *¡Por todos los dioses...!*, Homero, transportado a nuestra época y en fascinante diálogo con un niño contemporáneo, narra una vez más las fantásticas hazañas de sus protagonistas favoritos.

Nuestras hazañas en la cueva
Thomas Hardy

Con un estilo impecable, el autor de esta novela narra la historia de dos muchachos en vacaciones que, por casualidad, descubren cómo alterar el curso de un río y ponen en conflicto a dos poblaciones vecinas. La obra, además de acción y suspenso, ofrece posibilidades de reflexión sobre los conflictos humanos.

El misterio del hombre que desapareció
María Isabel Molina Llorente

Tres niños y un perro de un pequeño pueblo español descubren un delito. Un hombre ha desaparecido y los vecinos lo dan por muerto. Es ésta una aventura que mantiene el suspenso hasta el último capítulo y que permite a los niños actuar como detectives.

El pájaro verde y otros cuentos
Juan Valera

Los cuentos populares han constituido siempre una fuente literaria para los grandes autores. Esta versión de Juan Valera, de cinco cuentos europeos tan universales como los anhelos profundos de la humanidad que los originan, maravillará a los lectores de hoy.

Cuentos y leyendas de Rumanía
Angela Ionescu

Los cuentos y leyendas reunidos en este volumen por Angela Ionescu, española de origen rumano, son todos de la tradición oral popular. Algunos están poblados de personajes fantásticos; otros convierten en poesía batallas legendarias; otros resaltan la astucia y las hazañas de los débiles. Todos hacen gala de la sabiduría, el ingenio y el humor presentes en los relatos de la tradición oral de todos los pueblos.